我见你唯一的门票

北纬27度雨 著

人民邮电出版社

北 京

图书在版编目（CIP）数据

梦是我见你唯一的门票 / 北纬27度雨著. -- 北京：人民邮电出版社，2025. -- ISBN 978-7-115-67593-4

Ⅰ. I227

中国国家版本馆 CIP 数据核字第 2025EJ2483 号

内 容 提 要

这是一本游离于神奇梦境与赛博想象之间的幻想诗集，作者将自己梦境中的所见、所闻、所感一一记录下来，建构了一个亦真亦幻的诗歌世界。

本书分为七个篇章，采用散文+诗歌的行文方式，融入了超现实和科幻的元素，以层层递进的方式记录了自己在梦境中游历的诸多城市。作者将这些城市中的事物融于自我意识之中，试图从梦的残片中探索内心，寻找自我。其诗句扑朔迷离，在现实和梦境中反复横跳；其想象诡谲多变，借助超现实与科幻元素营造了一个迷幻的梦核空间。

本书带领读者沉浸式体验语言的梦境，激发想象力和创作灵感，并能够更深刻地思考自我、体悟人生，适合喜爱文学、诗歌的年轻人阅读。

◆ 著　　　　北纬27度雨
　　责任编辑　闫　妍
　　责任印制　周昇亮
◆ 人民邮电出版社出版发行　　北京市丰台区成寿寺路 11 号
　　邮编　100164　　电子邮件　315@ptpress.com.cn
　　网址　https://www.ptpress.com.cn
　　鑫艺佳利（天津）印刷有限公司印刷
◆ 开本：787×1092　1/32
　　印张：6.25　　　　　　　　　2025 年 9 月第 1 版
　　字数：245 千字　　　　　　　2025 年 9 月天津第 1 次印刷

定价：49.80 元

读者服务热线：(010)81055296　印装质量热线：(010)81055316
反盗版热线：(010)81055315

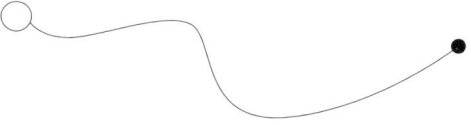

一 自序

● PREFACE

诗歌是从梦的残片中
拼凑出的新生命

也许，只有在梦中，我才能感知到它的真实。

这本诗集就如同梦境一般，每一首诗都是梦的影像。一个画面、一个场景，或是一段即将消逝的故事，都在毫无逻辑地自由跳跃。它们有的趋向现实，有的趋近梦幻，我试图将这些瞬间记录下来，揭开梦境中那些神秘的面纱。

梦境中的他，似乎在偷窥着这里的一切发生、结果。如同一次次潜意识的违规，海面之下，是即将升起的暮色和滚烫的爱情。这里的语词没有准确的描述和表达，没有线性的逻辑，它们只是在现实和梦境里反复横跳。

我并不是唯一的个体，这里的每一首诗里仿佛都生成了一个全新的"我"，这些"我"拥有新的意识，换了名字，换了样貌，甚至换了记忆。这些"我"在时空中流转，带着各自的意识与故事，向我徐徐展开。所有的故事都如同破碎的影子一般。

在每一首诗里，"我"的视角也会不断地变化。也许前一秒我还在以"某个我"的第一人称视角看着梦境中的一幕，后一秒便切换成了第三人称视角，宏观地观察着这里发生的一切。有时这些无数的"我"也会在不同的第一人称视角间进行切换，混乱且迷恋地感知着这些发生。

想来，我大概只是一个记录者，在梦的河流中，试图打捞一些微小的光影，再将它们一一放进诗的框架里。这一切就像是一场潜意识的逃离，努力挣脱理性与现实的束缚。

格利泽只有在北纬27度的宜居带才有生命存在，其他地方仿佛被施了魔法一般，一万米高的大气层全部被封冻，从高空望去，宛若被突然冻住的青蓝色大海。只有在北纬27度附近、万米高的冰墙的峡谷里、南北宽度不超过100公里的土地上才有生机。格利泽这一地带就像一条金色的手镯，深深嵌入这颗青蓝色的行星。这条线，像极了一个存在与消亡的分界线，它引领着格利泽的历史与未来，承载着一千座城市。每一座城市都像一颗散落在这片孤独大地上的星辰，闪烁着微弱而顽强的光，它们一起交织成一幅宏大的文化图景。

在我的诗里，总会闪过一些从未见过的名字，那些地名、植物、花卉和飞鸟在诗句里不断更换模样，仿佛是梦的流影；还有那些在地球上见不到的颜色和场景，都是我心底未解的谜。

格利泽拥有七颗卫星，合称"几星"。

诗巫是几星中最大的一颗卫星，恰好与北纬27度那条脆弱而神圣的纬线重合。它的光温柔地抑制着大气的凝结，照亮了一片宽约百公里的地带，且时长刚好是它绕行一圈的时间，这就保证了即使在它没有照耀到的地方，地表也不会冻结。

这道光芒如同无形的利刃，割裂了万米高的冰墙，把这颗行星的地表分成了两个截然不同的世界，一边是冻结的寂静，另一边则孕育着生机与希望。

偶尔，在我的梦境里，我还是会习惯性地称诗巫为月亮；而这里的太阳依旧叫作太阳，或许在我的意识里不愿将它们称呼为其他名字吧。

至于格利泽那些天文与地理的秘密，我还未曾全部窥见。也许在未来的梦里，会有一束光照见所有答案。

今天是我孩子出生的日子。

谨以此书赠予他，愿他一生平安如愿。

北纬27度马

目录

CONTENTS ●

梦　　是　　我　　见

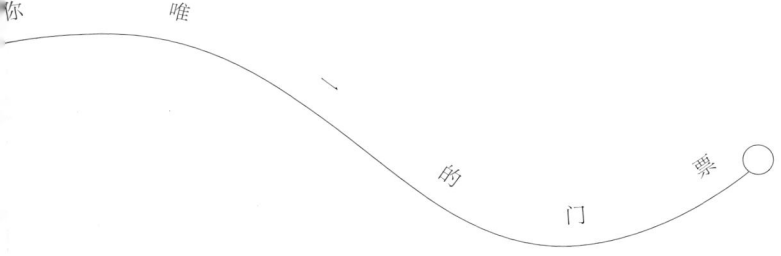

你　唯　一　的　门　票

02

雨是不能许愿的流星

03

我的身体是借给世界的一个形状

第五篇

PIECE FIVE

时间的风口诞生了人类

05

一个时代的灰烬是另一个时代的灯塔

第六篇

PIECE SIX

死亡静静照面比任何编排都精准

06

所有的救赎都赋予坠落以翅膀

07

我的身体在燃烧雨却不肯灭火

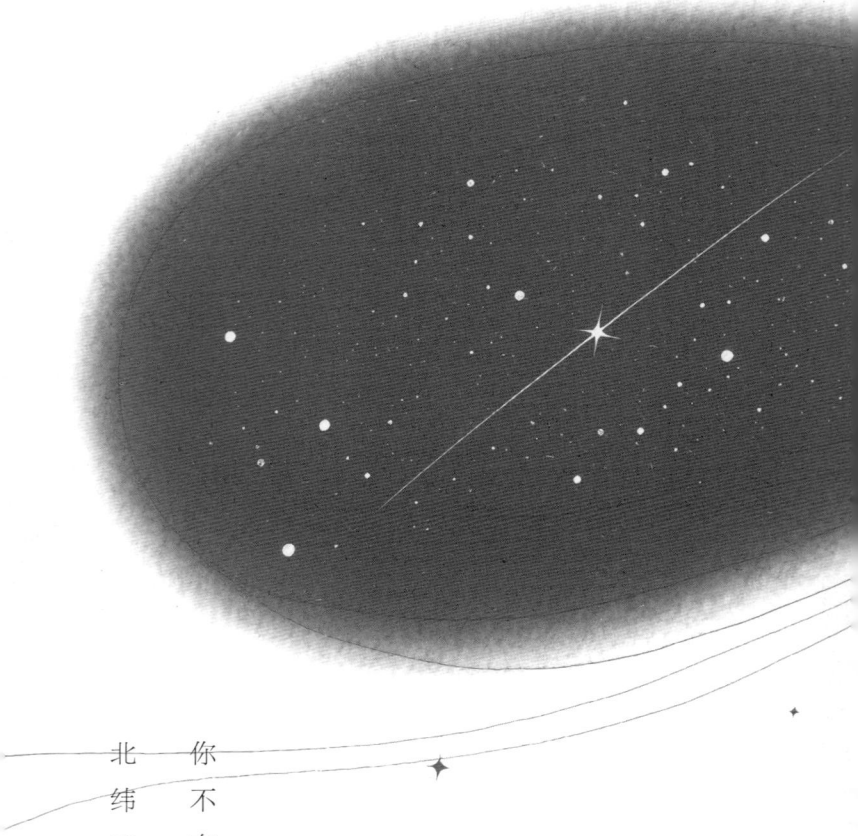

北纬二十七度雨

你不在的日子里

第一篇 ●

梦是我见你唯一的门票

在我的梦中时常会出现一个男人的声音。我不知道他是谁，也从未见过他的样貌。这个突然出现在梦里的声音，念着一些像诗句一样的旁白。我想有可能这些语词是某种线索，便将它们记录了下来。

他说， 我在你的怀里溺亡，像沉船坠入海底，

长满黑色的珊瑚。

（〇一）

荆诺维是格利泽的宜居带上最繁华的都市之一，坐落于北纬27度解冻带的核心地段。它将传统建筑与超现代赛博风格奇妙融合，摩天大楼鳞次栉比，细长的身形犹如荧光水晶。每当

夜幕降临，华丽的全息投影就在楼体间四处流动，宛如云端的霓虹海。

城市的上空不时掠过低空飞行器虹珀，它小巧灵动，是荆诺维市民的出行工具。悬浮的轻轨，流动着源自未知科技的惊艳。双叶木，是一种有着双重叶片、在城市缝隙里顽强生长的植物，象征着意志与微光，是荆诺维的市树。

钟楼西街，像是一个被刻入骨髓的旅行地，消失在时间的缝隙里，我也不知道它究竟属于哪座城市。这座孤独的火车站，像一枚古老的邮票，默默地记载着某个黄昏的别离。在那里，我与一个女孩轻轻道别，仿佛所有的离愁都藏在那个站台上。

我总觉得，这个火车站的影子似乎是现实的倒影。那是2015年的春天，在北京西站，我也曾与一个女孩告别。

犹记得那天，沉默是她最后的潮水。它漫过我的喉咙，像哽咽般难受。

她留下的空白像一面没有影像的镜子。

这么多年过去，她是否依然安好？此刻，我竟这般想念她。

他说， 我们在大雪里拥抱，

谁也没有再伸手去捡落在地上的春天。

（〇二）

纳斯罗城是一座古典的城，梦境里，我总是以不同的身份出现在这里，上演一些落俗的都市爱情相关的戏码。

她孤独地坐在对面，把目光搅进咖啡里。

旧书摊倒在黄昏里，有一个男人从她身边走过。

寂静中，他们开始疯狂接吻。

她的美丽像一场荒原上的暴风，摧毁一切，又让一切重新生长。

某天，我在雾灵川的清晨醒来，这是一座高原城市，有这个星球上最大的瀑布。

这里有一种花，类似白色的月季，它向上生长，能长到一千米的高空。从地面仰望，二万枝月季在空中的最高点聚在一起，如同一轮月亮，非常梦幻。

她轻轻回头，身后已是蝴蝶的形状。达多菲是一座文艺的城，里面住着十三位画家的灵魂，在这里，心中所想即刻在眼前成为实景。

来到这里就如同亲身经历一场电影，你会成为主人公，故事会随着心中所想而展开。达多菲大概就相当于地球上的"好莱坞"了。

视野中，我看见他走过桥，而她，落入了来世。

他说， 你的名字是我墓碑上的最后一行诗。

（〇三）

花溪，其实是我在地球上的出生地，但在格利泽的北纬27度的宜居线以南不远处，也坐落着一座名为花溪的小城。这里原本只是一条从高原流向幽谷的细河，因受到诗巫的光芒长期照耀，渐渐汇聚成了一方山水环抱的绿洲。久而久之，居民便在此地修建了花溪火车站，将远方的旅客与梦境的行踪一并迎入城市深处。梦境里的我在这里搭上一列火车，邂逅了心爱的人。

我的姐姐在香榭里，在一片名叫南明河的水域，永久沉睡。大雪从四面八方而来，那是一种悲伤又无助的寒冷。我感受到我的骨头正在裂开，心脏里似乎有一万只蝴蝶在飞。

他说， 爱情过去是水，轻轻托起时间。
如今是山，挡住噪声。

（〇四）

浮岛集落又称云摇集市，云层中飘浮着数十座小岛，每座岛都是一个独立村落，用空中索道或云桥互相连接。小岛上盛产云浆，云浆是一种由凝结云雾制成的液体，饮下后能让人暂时轻盈起来。云舟列车就是用云浆驱动的浮力列车，可以在各个岛间穿梭；槐音集市定期在中心岛举行，摆满来自格利泽各地的神奇货物。

卡尔科萨有一座很高很高的海角塔，是指引渔民和游客的灯塔，3海里以内的范围是可以出海的安全距离。当地每年都有许多渔民误入3海里之外的黑海，这些渔民再也没回来过。黑海有多大？是否还有生物存在？我不得而知。但我知道，黑海再往南就是那堵万米高的冰墙。而海角塔底还有一片被海水冲刷过的地下空间。殿堂顶端的复杂雕纹是古代先民留下来的神秘图腾，这些图腾是开启更深层梦境天图的钥匙。当天图打开时，我看见一个蓝色的光幕投影着你的模样。

大地倾斜时，我站在你倒下的影子里。这是一座花园城市——桃乐茜。这里的每一朵花都有自己的意识，每一个杂念过多的人都会被这些花致幻，我也被桃乐茜迷住，寻不到解法。

他说，当我想你的时候，
月亮像监视器的眼睛悬挂于天花板。

梦是我见你
唯一的门票

人类无法飞翔是因为心太重了

我的眼睛里降落一只冰蓝色破茧的蝴蝶

云中飘浮的岛屿像一场未落地的暴雨

粉色的海轰响着滚过陶瓷的翅膀

涡轮般的巨大玻璃缸倾倒出透明的眼泪

夏天的罗盘上二万枝月季正在燃烧

碧色的田垄上空卷起蔚蓝的水

仿佛是你身体里一条没有岸的河流

我在里面游动直到溺水

梦一样的漩涡正在吸入时间

城墙内被时间侵蚀的哨兵

我沿着寂静的河道行走

白色的蒲草垂在我的肩膀上

低空的流星带着风的呼啸

切开了黑夜的记忆

你们将手举起来嵌入天际

仿佛在试探天空的深浅

所有的挣扎都变成了静止的涟漪

城墙内被时间侵蚀的哨兵

替换了面孔

守着一道永远不会打开的大门

钟楼西街的告别

车站里挤满潮湿的味道

绿皮火车即将启程

我看见你还站在

钟楼西街那面巨大的落地窗前

一个玻璃杯折射出太阳的白焰

灼烫着我的瞳孔

我站在告别的桥上

看见时间拆散着我们的影子

你走以后世界仍在运转

但角度微妙地偏了一度

仿佛彗星擦过
时间的边界

纳斯罗城在金属般的余光中颤动

档案纸的红泥还未干透

红漆高跟鞋在地面晃动

蓝色的空气烫得心脏发麻

她的唇线霸道地

将一个还未开花的春天按在墙壁

我们的吻相遇

仿佛彗星擦过时间的边界

玫瑰色的泽莉亚在水底悬浮

像遗失的法律并未签章

路灯下

我的影子和撕裂的传单

一同跌进夜色的搅拌机

二万枝逆生天空的白月季

出租车载着我们绕着杭州转

像两只找不到出口的昆虫

被困在一块巨大的琥珀里

我梦见她穿上新衣

像披着别人的皮肤

痛苦如锈蚀的藤蔓缠住她

却依旧攀附着记忆里微弱的春色

风掀起大地的眼睑

春天醒了

在雾灵川的瀑布前

她的月亮

是倒挂在天空的二万枝白月季

我在女郎花初开的巷口等你

风暴在她的体内堆积成山

世界却无雪可落

天空似乎忘了发声

噪声全被折叠进高空

整座城市安静得像被封印的剧院

半透明的访客将手探出梦境

摸索着唤醒世界的把手

乌青色的云顶

远方如暗潮

北风吹熄街灯

点燃漫天大雪

我在女郎花初开的巷口等你

花
溪

旧式火车站躺在薄雾中

车厢里的灯光微弱

你拿着车票坐错了位置

我在你的身旁站了一晚上

直到清早列车员查票时

你才发现

我和这个美丽的错误

站了一整晚

后来每次去见你

我都会将车票保存起来

那时的爱很简单

一张车票就够了

香榭里

今晚的雪像失眠的野马

悲痛地撞击着东山的脊梁

风是一只失明的鸟横冲直撞

水中的月亮倒转了整个世界

这是你永久沉睡的南明河

我只想把余生的温度全都燃烧给你

让这荒芜之地

在梦里结出一朵太阳

达多菲的画家

我的心里有形状最美的爱情和你

达多菲十三位画家的灵魂

将你和新蘸的大雪

栩栩如生地画在我的眼睛里

遇见你

就像春风带来一阵旧时的欢呼

我的心脏便开始炸裂

你的回眸犹似剖
开我的心脏

东归的燕含着我的云浆

穿过浮岛集落

停在你的眼睛里

却不料

那天的风花和微雨

合谋成了你我的初见

我们相望的距离

在静默中被月光焊接

你的回眸犹似剖开我的心脏

你的眼睛只倒映

我一个人的轮廓

极薄的风刮疼了视野

半梦的建筑躺在蓝色气流里

陌生的航灯

在它的玻璃鳞隙里闪烁

我像一个空空的杯子

顺着未知的航道而行

一盏虹珀的灯凝视着我

你的轮廓突然亮起

这一刻浑浊的注视

让我和你在静默中彼此确认

我看见光

从你的眼睛里缓缓流走

世
间
从
未
有
身
影
能
如
此
俘
获
我
的
眸
光

群鸟从河岸上掠过

撕开天空的皮肤

雪山在晨光中俯瞰世人

如同垂首的王

我曾见过海天尽头的诸多奇色

却从未识得这般遥远的光泽

她的瞳孔仿佛被另一片星域染透

世间从未有身影能如此俘获我的眸光

蔚蓝海岸

这里的大海呼吸缓慢

如梦中轻盈的脉搏

你戴着日冕的花环走来

我的心伏在你的呼吸里

如夏夜的海潮

温柔地漫上堤岸

海平面那浅浅的蓝

像你的眼廓

我的心脏正被你的美

分化得一无所有

梦里的藤枝编成你的花环

星光缓缓地洒满每一处屋顶

我沿着花墙走过几户寂静的人家

听到好像有人提到你的名字

我抚摸着花墙的纹理

穿过你的黎明

用从你梦里偷来的藤枝

编织成一个花环

我将花环轻轻地放在你的窗台

或许清晨你醒来的时候

知道我来过

任何一朵花开都
会惊得春天生疼

五月雨水里的晴空耀斑

十六月刺骨的风雪

它们像两种极端的光线

将我推向沐痕雨不及的病区

枯绿交叠在琉洄岛的镜面上

我的灵魂粗糙

肾脏里积满了悲伤

我躺在一片白色的云上

一匹蓝色的马和一只绿色的天鹅

在我的眼前交替开花

仿佛任何一朵花开

都会惊得春天生疼

明天的马
还在等你

你安静而温柔地

沉入梦窗之河

纳斯罗城的旧情话

已不再作数

你的眼神里藏着兽性

温柔只是暂时的潜伏

昨天的风已经死了

明天的马还在等你

你走以后

风改了名字

叫作回忆

猎户座的蝴蝶
泊于你的双瞳

雨滴如断裂的算式

倒灌进深夜的荒市

双叶木的影子

在青灰色的风里呼吸饱满

我站在你的身后

整座城市屏住呼吸

渴望天空飘下另一种颜色

猎户座的蝴蝶

泊于你的双瞳

你与海为邻

森林的比邻是海

我望见你站在

一株似驼鹿般佝偻的奇树下

你指着海边潮湿的苔藓

水洼里藏红色的浆果像在滴血

你的嘴唇沾满了日出的颜色

心却是未曾醒来的石头

风来自北方

海是它们的归处

夜里沉睡的繁星各自归厩

我在风里伫立

像一座等待被点燃的灯塔

海角塔生长
的图腾

黑夜在光的体内生长

倒下的灯塔

仍在照亮海底的黑暗

鱼跃出水面

世界短暂地换了个视角

三千柱廊的门扉沉而厚重

潮湿的访客

一起被一道光束强行推进来

淹过石窟的海潮刚刚退去

一眼望不到尽头的图腾生长着

在我的头顶上空逐渐展开

一块蓝色的光幕倒映着你的模样

我的眼睛忽然湿润

在杜耶尔

淋过同一场大雨的人都会失忆

但他们仍愿在雨停后再次相遇

第二篇

窗外的雨是正在删除的数据

02 雨是不能许愿的流星

他说， 我从未被你拥有，
却一生属于你。

（〇一）

　　杜耶尔是一座下雨的城，在这里，淋过同一场大雨的人都会失忆。他们的记忆去了哪里，无从得知。所以如果想忘记某个人或者某件糟心的事情，杜耶尔一定是个好去处。我寻这座城是为了清除我的肉身里加载的各种记忆碎片，它们蚕食我的心脏，使我疼痛不已，我需要将不属于我的记忆统统清除掉。

　　卑尔根是格利泽星球上另一座下雨的城。卑尔根的雨能洗掉人身上看得见或看不见的伤，对身体和心灵都有极强的治愈力。但这一切都要归功于生长在卑尔根的沐痕树，它由四个巨大的枝干组成，高达千余米，分布在卑尔根城的四个角。它的枝丫相互缠绕，在城市的上空形成网状结构。在雨季到来的时候，它能结出镜泪果，与雨水相互作用就能产生极强的治愈力。

　　我曾在石榴院住过一段日子，它位于卑尔根的阴影处，仿佛是被生活遗忘的角落，处处显露出疲敝。有很多患病者需长期调养，却付不起医疗费，只能在此过简陋的生活。看来，卑尔根的雨并不是所有人都能淋的。

他说， 神的目光落在尘埃里，
而你刚好经过。

（〇二）

我还依稀记得维萨洛尔安静的赭露宫，那里是储存整个星球档案的地方，但是它的储存方式与我们认知中的不太一样。这个系统的名字叫奥尔汀生命档案系统。每一个死去的生命档案都会被保存在这个系统里。

我"入侵"过这个系统，似乎是想拷贝已经被注销的前世，以此找回记忆，我猜想这个梦境里的"我"大概是为了寻找某个很重要的人。

有时，我的梦境的触点不是特别稳固，也时常会丢失一些重要的信息。

但我还记得，在维萨洛尔的市中央有一条梦窗之河，人可以从河面随机看见一次自己过去或未来的影像片段。岸边长满了梦露花，这些花像监控一样，能记录它们所看到的一切，而它们的显示器大概就是这条梦窗之河了。

他说， 我们的名字被存入档案，

灵魂却无处存放。

（〇三）

雪浸薇是一种用来酿造美酒的花，同时也是酒的名字，这种味道是宇宙独一份的存在。乌晶液，是一种非常受欢迎的饮品，它通常呈现出带有琉璃光泽的深黑色，似黑曜石一般，在光线照射下偶尔会浮现出微弱的蓝紫色荧光。它产自卡迪亚，这座城市地处格利泽的南部，城市四周环绕着色彩斑斓的山影，常年薄雾弥漫。城市呈环状分布，市中心是被称为乌晶广场的区域，广场周围遍布着提供乌晶液的店铺与交易大厅。这里的气候湿润，多雾，空气中夹带着香料般的气息。

柯泽迪安是万米高的冰墙之下的送葬之城，建在冰墙与死寂的雪原之间，终年无阳光直射。因冰层过厚、反射率极低，白天宛如薄暮，夜晚更是漆黑深沉，因此，这里也被称为永夜之城。这里的云层常年冻结在半空，偶尔会降落碎冰晶；当有人去世，其遗体会被运至柯泽迪安，葬于城外环形的冰原墓区。由于我在格利泽没有实体，所以我来这里大概率只为寻找形体。

梦中的你把我带到绿乡城，我看到它的上空有一个悬浮的水库，远望时犹如一片蓝色湖泊倒悬于云端。在阴晴变化之时，可以看到湖面闪动的粼光就悬在天顶，好似一层透亮的护盾。青枝鱼是一种看不见光就会立刻死亡的鱼，对水有极强的引力，正是青枝鱼的这种特性，才能让水库稳定地悬浮在空中。

而湛是一种蓝色药丸，这种胶囊呈深蓝色，服下后可以拦截一切光芒，但是情绪会被钝化，并在心灵深处留下一片永久灰暗的区域。如果将它放入水中，会隔绝所有光线，这里的水也会变成一片黑暗之域。

世界突然很安静，像被遗忘的钟。

我知道你是来摧毁它的。

他说， 逝者的安宁是生者

无法触及的沉默。

（〇四）

森边高地是一个神秘之境，有绛雪鸦守护的雾珊草。据说，雾珊草能结出梦的果实，拿到这些果实，就能实现一次梦想。在钢铁般的脊背上，孤独像虫子一样蠕动着。

伊洛瓦是一座海边之城，只有在清晨，这里的海水才是蓝色的。雀斑是台风的名字，它是这个星球上最大的台风之一。她像台风的女儿，似乎是这个梦境中我很爱的一个女孩，她的眼睛如同晨曦中的海面，平静却深藏着无法触及的风暴。

比得潘是一座被淹没在蓝色水域里的城市，这是一座寂静的城，沾满了水的安静，是能让人灵魂出窍的地方。我曾在这片蓝色的水域与自己的灵魂纯粹地对视过。

诺尔辛坐落在一个异常的潮汐带上，一天之内海水会出现两次反转，海水会在半夜时向天空倒流，形成垂直的海潮，所以也被称为潮汐反转之港。蓝空阁是一座建在高空的悬浮阁楼，它与地面有类似电梯的装置连接着，当地人俗称空中渔船，用于观光游览和捕捞天海鲸。天海鲸拥有燃烧着火焰的眼瞳，那火焰被称作溪火，燃烧着蓝白色温柔的光亮。若将少许溪火滴入眼眸，目光所到之处，即使是一片荒芜，也会顷刻间变成春天。

他说， 你的眼睛是更深的水，
等待过去的河流涨潮。

石榴院的微雨

她在石榴院住了许多日
看着湿漉漉的土墙和病痛的邻居
那些单薄如纸片的孩子
正透过缝隙张望外面的世界

一盏昏暗的灯泡悬浮在雨夜
像一条受伤的鱼

远处的城市发出洪水般的噪声
夹杂在空气中横冲直撞
仿佛世界染上了巨大的炎症
笼罩在疲惫的肉体上

而他站在高处
平静地俯瞰着这一切
从不生怨毒或善念

昨天的玫瑰已锈
成一轮哑默的钟

在维萨洛尔安静的赭露宫

梦露花微微盛开

拥抱住午夜的风

我破解了奥尔汀生命档案系统

穿过那些未命名的防火墙

拷贝已经被注销的前世

黄昏把着月色的脉搏

十七年的风雨如一曲慢板乐章

当我读取到这些记忆

昨天的玫瑰已锈成一轮哑默的钟

梦的登录密码

夜是你眼里淌出的疲倦湖泊

悬浮的路灯四处流动

试图扰乱我的神志

我将身体放平

试图进入梦里

却看见一串莫名其妙的符号

我恰在这梦与现实的夹层

看见自己痴狂地在纸上写字

有些纸上画着火

有些纸上写着海

那些尚未写下的句子

正在搜索着可以渗入的血管

想念就像一封闯关的邮件

找不到可以投递的门

黑夜抽身的病历

我的影子是我从

我倚着荒坡上的石栏

像锁住一片安全的星域

让自己从心底升起

渐渐与暮色合流

我的影子是我从黑夜抽身的病历

在丑陋的废墟中

我寻到了你盛开的模样

让我的注视攀上一株寻常的白梧桐

让我融化进这个逐渐透明的穹幕

一旦你被观察

只管做好迎接曙光的准备

似乎有火在雪中生长

琥珀中的微光刺破你的旧梦

机械飞蛾和霓虹粉尘与些许钴蓝碎块

无声地喝着你眼泪里的蓝光

外面褪色的青苔在黎明的大地上匍匐

像跪了千年的祈祷

一只青灰色的鸟影从头顶掠过

它像匕首一样刺探着我的一切

我回到你的瓦砾旧院

轻叩油漆未干、被草绊住的竹门

一个孩子探着头怯怯地看着我

又看向我身后飘浮着的青蓝色火焰

久眠的冰杉齐整地俯向田野与她

一只捕风的蜻蜓停在我的手背

它以为我是一片折叠的湖泊

似乎有火在雪中生长

我看见一面洗净疲惫的镜子

仿佛等我盛入新的命运

卡迪亚灿烂的乌晶液

乌晶液融进木质台面

周围摆着辛香与浆果的色块

它躺在盛器里

像一枚蛰伏的火种

安静极了

卡迪亚灿烂的座椅上

乌黑的人群正在等待着

他盯住蓝光闪耀的天顶

眼睛像黑夜提炼出的种子

这沉默的凝萃

竟能搅动意志与怀疑

那闪着微芒的内核

瞬间注入某个失神的人的身体

出发吧

让感官拔节

冰舌与瓷器

在槐音市集

我栖身于一场瓷器交易

谁也没看见我暗自换了面孔

一种轻得难以捕捉的迁移

正溜进午夜

旧匣子吐出稚弱的嘶鸣

仿佛一枚没孵化的虫卵

我揣着它回到那条老巷

雨落下

像一场毫无预告的断电

那冰舌隔断了生理的温度

让你独自荒凉地燃烧

一只鸟从王座上起飞

它不知道落在哪里才不是犯罪

世界只抬高了一厘米

我隔着玻璃

凝视着窗外疲惫的海风

月亮在天边微倾

好似一只空碗要承接你的眼泪

门缝里溢出一线昏黄

灯具是没流过血的心脏

桌旁的椅子空着

像一个中断的故事

停在这里

请归还我初始的形体

被潮汐冲洗成透明的所有过往

都沉进这片时昏时亮的海

我从梦中醒来

世界只抬高了一厘米

柯泽迪安雪脊
上沉睡的火

她活在黑暗里

却比任何人更懂得光的形状

一道幽绿的光在破裂的手套里蔓延

唤醒雪脊上沉睡的火

存储记忆的盒子

被放在冻僵的云层之上

冰下的城市屏住呼吸

我听见一阵低沉的敲击

宛如裂隙里有人在翻动旧文件

风的身后没有脚印

海的尽头没有边界

冰幕之下

一滴水的野心正在蒸腾

一根手指拨开雨水

触碰玻璃后面的另一个世界

看不见太阳就会死的鱼

艺术是不慌不忙的复仇

拦阻光芒的蓝色胶囊

被你一口吞下

仿佛天空的水库突然决堤

世界在落雨

你撑伞观潮

我想着那些

再也见不到太阳面孔的鱼

突然很悲伤

那时，死亡离我们很近

指尖与它的距离不超过三厘米

风暴美如玫瑰

伊洛瓦的清晨海水渐蓝

她的眼神把深海扯破一道口子

我被置于雀斑台风的风眼里

风暴汇集在我的体内

试图开凿出另一片海

飞翔是天空的裂缝

她是漏出的光

我的心脏里的那些无邪

全部投向橙绿的岸上风

在你的眼睛里

风暴美如玫瑰

雾珊草能结出
梦的果实

有人生来是猎物

拼尽一生

才换来做猎人的机会

雾珊草向森边高地徐徐攀爬

有人在微醺的灯盏中

含蓄地等待

那只藏着秘密的绛雪鸦

沉默地守在篱笆外

一阵温热从炭火里醒来

我悄然捧起这个时刻

带你共赴未完的梦

在命运的石墙上

我们用手指抠出一道光

天海鲸瞳的溪火

我想在诺尔辛的蓝空阁

偷一盏天海鲸瞳里的溪火

让你眼里的光

明亮得胜似一个醒着的春天

我穿过一万年的黑暗

在你体内点燃一次白昼

只要你的瞳孔盛下我

便足以淹没其他万物

雾峰山矿难

雾峰山缆车的骨架

在破败的工厂里铆合

那些灰蒙蒙的手指

在围墙后打磨出

一个简陋的逃生舱

小镇居民正赶着去扫街

熄灭的烛台横在泥水里

情绪被扯进破裂的黑袋

尤尼芙的诗句

敲得铁骨一阵一阵地疼痛

我穿着自责的皮肤

刻上无数的伤口

万物朝拜着同一口寂静的井

长街尽头你的剑出鞘

一根弦起初只是琴上的装饰

后来它震动了整个江湖

长街尽头你的剑出鞘时

江湖只剩下我的琴音

你的誓言落在剑尖上

破风时比风更轻

赴死的人

从不回头看影子

即便天地塌陷

也不会比你转身离开得更彻底

我走得很远

可世界并没有变小

爱以火的形状重塑我的骨骼

罪人坐在黄昏里

他的时间沉默如鹿

光仍照在他的额头上

我是被大地遗忘的花

一个小木柜载着我走

正如婚礼载着新娘

遗憾是一种病

时间治不好

太平洋的盐抹过我的脖子

腐蚀着时间的伤口

她的眼睛藏着整个春天的雨水

爱以火的形状重塑我的骨骼

我想抱着你身体里盛开的

蓝色野玫瑰

逃出寂静的旧火车站

第三篇

我们只是在不同的身体里醒来

03 我的身体是借给世界的一个形状

他说， 我不需要无所不在的光，
只要一片能看得见我的黑暗。

（〇一）

我是一名矿井的操控员，某天，我用钻机戳破了一座地下城的穹顶。

卡莱恩的地下城深藏于格利泽星球的地壳以下，经由蜿蜒的矿脉通往主城区。城市主体是一圈圈向内凹陷的岩层广场，如同一个硕大的圆形剧场；每一圈都分布着建筑与甬道，中心是一束从穹顶的裂隙透进来的自然光柱。

我感觉，有一只手覆在头顶，静默如谜。

我们在拉菲敦做着家务活，这座城市有着类似巴洛克和新艺术风格的建筑群。此地原以繁盛的港湾花潮而闻名，每年春天，海岸花田的五彩花像涌动的海浪起伏着。而今气温失调，海风带来的潮湿水汽已不再，这里逐渐成了盐碱地。

面对干旱，拉菲敦的人们依然生活如常，他们用旧椅木板改造阳台和花架，用面包与微笑召唤春的气息。

尽管饱受缺水之苦，每家每户还是会分出一瓢水滋养那绿色的粮食作物。

他说， 如果神明也会落泪，
那一定是看见了人类徒手修补裂开的天空。

（〇二）

它的名字太复杂，梦也蓝是我给它取的名字，它是一座位于格利泽星球上一条曲折弧岸的尽头、环抱着一片蔚蓝海岸的城市。这里有一个港口叫拓木港。还有一个古老休眠的火山坐落在城市北郊灰紫色的岩岭后。在火山深处有两眼泉穴，来自远古的高温岩浆初退后的空洞，竟在满溢的梦境里凝固成冷泉。在这里饮一口泉水，便可梦见自己前世的剪影。

火山的熔岩被古代的铁匠打造出了保护梦也蓝的巨型肩甲，我推测也许是为远古时期巨大的生物打造的。而今，这副金肩甲搁浅在梦也蓝的前海，裸露着两根巨型的白骨残骸，被航海者比作地平线的灯塔。

火山岛常年被低沉的夜色与火山烟尘笼罩，浓稠的黑雾蒸腾不休，星光也难以穿透它。这座火山岛坐落于格利泽星球北纬27度解冻带靠近万米高的冰墙的一角，相传这里曾被诗巫脱落的一块小陨石撞击，地下还残留着诗巫陨石的碎片，这些碎片很稀有，被称作星火石；这些星火石可以化成冰，但不会改变环境的温度，得到它就相当于拥有了一颗微小的诗巫。

在安特莱斯有一个粉色的邮局，它藏匿在星空下的静谧街角，地面铺着如细沙般温暖的光辉。这个邮局的墙面是由粉色的云朵粉刷而成的，而信件永远沉默地等待着，没有人知道它们的归属。时光在这里显得尤为缓慢，仿佛每一秒都被这粉色的光晕渲染成了一个永恒的瞬间。

他
说， 在被遗忘的邮局门口，
我找回了曾塞进信封里的孤独。

（○三）

玻璃极管形似一段略微弯曲的晶体管，非常小巧，由特殊透明合金与微纳光纤制成；管壁薄如蝉翼，却可折射出微光，呈现出梦幻的七彩；玻璃极管平时看起来如同一截普通的透明管子，使用时却可在空中投射出立体光幕，进行文字、视频或全息图像的显示。

嘉柏莉尔号又名荒鸦号，薇诺梵图书馆的文献里对这艘古老的船做过简短的记录，该船原是由格利泽古老的航运商会所建，早在曼陀梦各海峡开发之初便服役。最初，它被用于运载某种叫雾焰石的矿物，这种矿物能产生微弱的恒热，以作为城市供能的来源。

荒鸦这一名字来自船头的饰物，饰物是一只形似乌鸦又带王冠的古徽章，象征其古老家族的图腾。该船曾是黑市商人和研究者常用的秘密运输工具，后因船体老化，便被改装成浮空驳船，这些浮空驳船利用星球稀薄的风能在低空飘移。

西与是这颗星球最西边的城市，这里高温炎热，人口较少，留有大片荒野和未开垦的土地。

他说， 世界仍在晴朗，
而我的夜晚大雪纷飞。

（〇四）

琉泗岛的上空装置着巨大的可控气候转换机，抬头仰望城市的天空，就像一面巨大的镜子，当地人说这面镜子偶尔能映照出所有生物的灵魂。然而，正当我被映照的时候，你站在镜中，我站在时间的对面，反射的是记忆里渐渐模糊的痛。

梦中的我在穆拉比尔工作。这里的蝴蝶很梦幻，很像一个蝴蝶展馆。

整座城市被一个巨大的透明罩子罩住，城市中心有一个被巨大植被覆盖着的透明幕墙，四四方方的，不知道是什么材质，颜色是在地球上不曾出现过的，我也描述不出来。据说它是用来收纳心脏的，至于如何收纳，我也不太清楚。城市主要依靠低空的交通运输，交通工具都采用了悬浮技术，类似地球上的科学家们口中的反重力技术。

卡尔德霖的城市中心有一片蓝色的水域，这里被某种奇妙的能量拉扯，将这片湛蓝的水域卷到天空，远远看去就像水状的龙卷风，静默地浮在空中。如果被吸入，你的人生便会开始逆转，一切事物的时间线都在倒退。我进去过一次，但我隐约记得我的生命最终归于一片湛蓝。我经常把这座城市与比得潘混淆。

他说， 没有见到你的一天
漫长得就像刑期。

纪念日

我们的纪念日恰似你的温柔

轻轻地靠在我的肩膀上

你的声线在玻璃极管里摇晃

像一只回程的鸟扑腾着翅膀

我把最后一盏橙光吹灭

与长夜谈判短暂的安静

你的称谓依偎在我的心脏旁

我从未如此怜惜过你的名字

明天的黎明还很遥远

那些春天的火光究竟藏哪儿去了

昨天的风暴在我的
手中撕裂一把旧伞

我的孤岛静立

四周的水是它无法逃脱的梦

远方汹涌的海流曾淹没我

你以微光中的珊瑚

慢慢喂养出海底的火把

一间孤独的小屋等待被时间淹没

我只能握着空空的把柄

让自己与这个世界对峙

昨天的风暴在我的手中

撕裂一把旧伞

雨水已漫至我的膝盖

我依然不知何处是岸

你就像某种类似爱情的东西

她被他的小心翼翼困住

像一只被藏进玻璃柜的鸟

今夜空无一人的港口

还亮着寂寞的灯

我听见心跳撞击船舷

潮汐吞噬了岛屿

日出仿佛还要等待一个世纪

你化作北极星嵌进我的海图

就像某种类似爱情的东西

占据着我的码头

刺痛着我的呼吸

粉色的邮局

还记得在那间粉色的邮局

我们坐在旋转木马上

一同等待一封永不会出现的信

灰尘把我们的身影钉在落日里

日子像被搁置的邮包

越积越厚

你先走了

丢下一堆贴错邮票的信笺

远方的汽笛正在呼喊

火车已驶向别的站台

我站在邮局门前

收集着你留下的风

它们都朝信里奔跑

你是孤独者唯一
的庇护所

海水漫过我的轮廓

植物爬满你裸露的记忆

那对嵌在焦土上的白骨

是远航者遗落在地平线的灯塔

我将独自随影滑进深渊

唯有你能接纳这大片的洪荒

那两个用梦织成的火山泉穴

它们是迷路者遗落的眼睛

那对镀在玄土上的金肩甲

刻印着先哲遗忘在暮野的誓词

你是孤独者唯一的庇护所

却依旧从大雨骨骼的缝隙里

渗出生命的冷泉

每个人的脑袋都是平原上透明的屋顶

雾灵川瀑布下聚集着

拒付不合理贡税的流民

你的琴声仿佛绿野上跳舞的鸟群

撞开了所有人的耳朵

我把手揣进口袋

装作看风景的人

音乐的石块从天而降

每个人的脑袋都是平原上透明的屋顶

任思想被神偷了去

火山岛与星火石

渡口沉向午夜

生锈的骨头堵住光线

咸腥的风在堤岸轰鸣

撕破火山岛蒸腾的黑音

让夏天咳个不停

世界裂开了一道缝

但光并没有进来

你蹚过潮湿的海雾

只为捧起一朵干燥的星火

灯火遍地的时候

我反而最能看清自己的黑暗

嘉柏莉尔号事件

你携着名为命运的公文包

走进那下沉的浮空驳船

终将被潮汐的反向呼吸淹没

墨灰色旷原般的旗帜还在飘动

有飞着的生物正坠向水域

如同为亡者奏响鸣笛

所有舱门全部打开

舱底长出一根枯萎的神经末梢

它晃动着诡异的冷焰

在水与火彼此的矛盾中

发出短暂的微光

你不确定这是毁灭

还是更深的梦

我的表白在雨夜奔逃
如惊飞的乌鸦

黑夜像锁链般缠绕着火车站

玻璃顶棚落满了雨水的倒影

我的表白在雨夜奔逃

如惊飞的乌鸦

夜已变形

星期天和星期三互换了颜色

时间被蒸汽扭曲

它逃离了我们的手掌

十二月以酸奶糖果作诱饵

讥笑世界时区的混乱

他想把卡尔德霖的水

从天上拧下来

我想抱着你身体里盛开的

蓝色野玫瑰

逃出寂静的旧火车站

我的梦是一面
粗糙的镜子

我粗糙的眼睛照见你的黑色

被你废弃的灰

不带任何岩层

你粗粝的呼吸生出了碳

荒芜在退潮的泥沼上踱步

诺尔辛是一面镜子

一只巨大的天海鲸

撞击万米高的冰墙

在空中抖落的透明

伪装成我的翅膀

所谓的神创造人类

不是为了给予

而是为了旁观

黄昏的码头只剩下
一盏颤颤的灯

闪烁的旧街灯像疲倦的眸子

笑声在远处回荡

像没拴住的牛群撞击篱笆

在记忆的废墟上

我看见父亲搁置的火灯

已经黯淡如旧时的星空

我的外衣裂成一群灰暗的飞蛾

心脏薄如花瓣

攥紧手中尚有余温的骨笛

笛声震得深秋像剥落的野狼皮

我用一柄孤舟的桨犁开命运的潮水

隐约看见老宅灰暗的灯光扑闪着

如临终的烛火

祖父的书本堆在废弃的码头

我踩过它们仿佛踩着自己的影子

微雨洇透了孤单的瞳

每一场暴雨

都是云告别世界的方式

我们仰望风暴

像仰望一场赦免

琉洇岛的上空装置着

巨大的可控气候转换机

像一个悬空的镜面

将我们疲惫的灵魂来回牵引

你抠开了我的天空

微雨洇透了孤单的瞳

翅膀是一种
未知的痛

他穿着孤独的衣裳

坐在空旷的房间里

手指轻触空气

却没有回应

我的视野溜进他的瞳孔

那些资本和债务

如雀跃的账簿数字

锈链般在他背后缠绕成

轰鸣的噪声

家庭的每一口呼吸

都会透支他的梦

我继承了他的记忆

翅膀感到一种未知的痛

我坠落

如同故事书里偷跑的角色

我们用面包和旧木椅为春天作序

我们站在厨房的角落

用拇指和手掌摁压着生面团

咸香在发酵

冒着微温的气泡

门口的旧木椅

吱呀地喊着要退役

我们协力取下它生锈的螺丝钉

任它变成一堆复活的木块

初春伫立在窗沿

宛如一只好奇的麻雀

试探着取走它的粮食

灯光是人间的体温

对世上的水荒也许无能为力

但我们仍试着借灰烬给予火

世事像雨后的道路

偶尔湿滑但终能干透

我们相信世界的循环

面粉揉出面包

旧椅拼成木架

日夜流转再为春天作序

昼月

宇宙很大

所有的光都在奔逃

黑色信号灯闪烁得愈发频繁

像临近城门前的一次次拦截

无数微光、火焰、影子

在时间的暗廊里来回晃动

窗把自己安装在天穹

连接着无边的蓝

天空很大

我的爱人从未见过阴云

暮色岸边

潮汐漫上旧码头的小路

熏黑的木梁飘着旧盐味

两条湖水鱼被煎出琥珀色的汁液

他们递来金杯

我却饮尽自己的孤独

这颗星球也总有我们贱卖的时辰

我们曾捧出无数脆弱的时日

把血液接进陌生的管道

任它们腐坏

我们牵手走到暮色弥散的岸边

她说我们从未独立成岛

却带着只属于自己的深渊

卡莱恩地下城

黯银轮盘挤入灰雾

光的流液蜿蜒下沉

向深谷般的胸腔渗透

在我心脏的井里安家

矿脉错综

旧城根的木桩突现

记忆犹如废弃的隧道驶来

阔别生者与消逝者的门扉

有来自大地深处的隐约喘息

光线忽然涨潮

涌进舱壁与粮食

如渴望破土而生

你比风更轻

比光更远

我们只是在不同的身体里醒来

我记得那蜜糖似柔软的人间

也曾有一抹清甜在唇边逗留

旋转得越来越窄的光圈

逐寸退回初生的纯白

当我张开怀抱

恍若羽化

我终于滑入卡尔德霖

那遥远不可测量的湛蓝里

我终于拥有自己的身体

借给了世界一个形状

也许人类从未老去

我们只是在不同的身体里醒来

夜晚是我与世界
唯一的对话

在别人的梦里

我是多余的火焰

那些沉默的星星

全是我未说完的话

黎
明

一束干净的声音

比千言万语更像黎明

风暴中的光

是黑暗养大的孩子

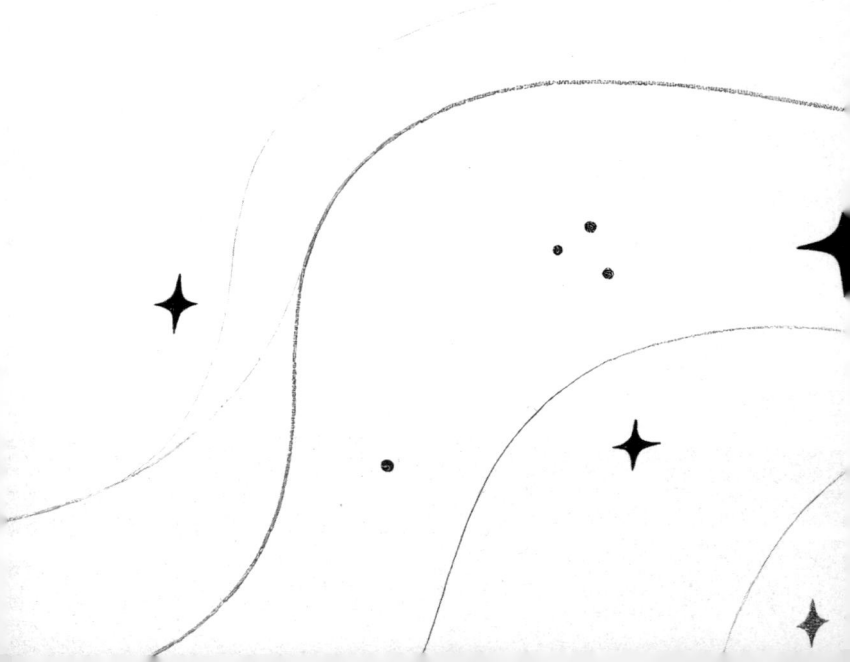

第四篇

世界满是门槛
而你生来赤足

04 雪是我梦里逃出来的蝴蝶

他说，
爱情是一场长久的失明，
只有失去的人，才能看清它的轮廓。

（○一）

我在格利泽一直没有找到实体，我就像魂魄一般，在无数的生命体内流窜，我不仅有他们的意识，还有我自己的意识。似乎梦境移民局也察觉到了，他们开始追踪我。

梦境移民局成立于荆诺维，直属格利泽星球某个神秘的中枢部门，专司接待并管理所有来自外部世界的临时寄居者。

若想在格利泽境内自由活动并享有食物、住所、信息访问、交通等资源，都需与梦境移民局签订临时移民协议。协议要求申请人在规定的期限内完成移民局分配的工作任务，以换取居住许可与相应的物资补给。只有完成一定时长的城市基础服务，才能换取居住权和在格利泽自由行动的许可。若想获取更高级别的公民身份或资源，还需缴纳梦境税。

一旦违约，便会被遣返至梦的入口待机，在无边的灰色夹层中苦苦守望。还有可能被梦境移民局降维，若是从三维世界来的，那回去的时候有可能被降至二维或者一维。

而在梦的边缘，还有一个被称为梦境狩猎组织的神秘集团。他们隐秘而狡黠，专门掌控并剥夺他人的梦境，以谋取巨大利益或进行操控。他们手持汲梦器，形似玻璃匣子或透明管子，通过全息投影捕捉目标脑海中那些晦暗或绚丽的梦境画面。借助从黑市上收购、窃取或改造来的先进科技，他们甚至能下载、直播那些被囚禁的梦境与思想。更令人胆寒的是，他们还利用一种称作追影线的装置，借由梦中出现的角色或场景线索，精准地追踪到现实中与之关联的对象。若在梦里看到有人试图潜逃，梦境狩猎组织便会立刻借助追影线，将那流转的身影捕捉于无形之中。一旦这一组织变强，格利泽的梦境安全便会变得脆弱，人们渐渐对梦境生出恐惧，害怕随时会被他人操控或泄露内心的秘密。

走在这条充满未知与危险的道路上，我既是一个徘徊的游荡者，也是这混沌梦境中的探寻者。梦境移民局的冷峻、隐秘狩猎者的觊觎，都在无声地提醒着我：在格利泽，无论身体如何飘零，意识始终在这个星球上留下不可磨灭的痕迹。

他说， 我不想再逃避风雨，我想带你去雨里走一走，看看世界的另一张脸。

（〇二）

世界收紧了手指，雪落在你的掌心里。当我见到你的时候，乌斯怀亚还在下雪。

这里算是格利泽的雪窝子了，一年有一半的时间都在下雪，这里的雪全都是蝴蝶，有各种各样的颜色，若想要形容最美好的事物，乌斯怀亚的雪便是我梦里最美的景色了。

罗兰纳的上古之音，到底有什么作用，我还不太清楚，只是记得那种痛苦猛然崩裂、喷涌如浪的感受。远郊巨大的赤壁上栩栩如生地雕刻着历史上曾经发生的画面。

科魔多是这个星球上最炙热的城市，全年都是夏天，青色格子状的大地在我的视野中安静地闪烁。据说这里是炼狱，犯了错的灵魂会在这里进行重新锻造。

苍心原位于格利泽星球北纬27度宜居带的侧缘，与沼泽地、森林、海岸相互交错。从古至今，当地居民依然将此地称为苍心原，这里有大片被人们赞美过的森林，其中静立的参天大树早已见证无数岁月。

有一片异常美丽的蓝色涟漪水域与地底暗河里流淌着名为澄御泉的水相连，据说这里能激发生命的潜能。两股强大的远古势力均想借其力量壮大族群，他们在平原上驻扎数年，爆发了一场惨烈的冲突，后世称之为苍心之战。

他说， 失明比黑暗更可怕，
乌斯怀亚的雪刺痛我的眼睛。

（〇三）

在北纬27度的上空，诗巫的光能轻微改变大气中某些微粒或能量分布，使得这里不易继续凝结成高层冰帽，进而形成一条狭长的解冻带。诗巫形似地球上的月亮，它可向其他卫星提供能量或物质。

而雪星猎户座远望去如披着银色光晕的星体，表面有淡淡的霜白环带。它会向下喷溅半透明、带蝴蝶状翅膀的雪晶，俗称冰蝶。一旦冰蝶触碰到人体或任何温度偏高的生物表面，就会即刻融化。

雨星普鲁维通体偏灰蓝色，近看可见表面环绕一圈淡淡的云状涡带，好似迷你的星球大气层，为杜耶尔、卑尔根两座城带来了大量雨水。

粉雾海是我比较偏爱的一颗卫星。它会在高空向下倾泻粉色的雾瀑布，远远看去，仿佛一条柔和的粉色丝带挂在天幕，像整片云海翻涌落下。这样的粉雾还有特别好闻的味道，我闻过两次，是地球上不存在的香味，或者也不叫香味，我无法定义。

海茵茨是向地面投射蓝色雨丝的星星，表面富有蓝色条带，像极了球体上交错的发光经纬线。当夜空中的星光下移，会出现下倾的蓝色光束，形似光之雨。

若彤燃烧的火焰星并不会降下火屑或流星。它看似一团巨大的火红燃烧物飘浮在星空之上，偶尔喷出红色或橙色的焰舌，但不脱离本体。

女郎花星体宛若一朵淡紫色花飘浮在天穹，其散落的花瓣落地后能生出同名花。整颗星似花瓣层层展开，由淡紫色的柔光笼罩着。夜里尤为浪漫，仿佛花朵在天空盛放。每当女郎花星过境，空气中会飘下星形或花瓣形的微粒，落到地面后，在相对温暖湿润处可迅速长出女郎花实体植物，也被人们称为幸运花。

他说， 烧给亡者的纸鹤少了一只翅膀，
回魂的路因此比生前更长。

梦境移民局

我在两侧高墙间飘浮

像一个忘却锚点的白色降落伞

当城市无声地睁开眼睛

灰蓝的警笛声穿透旅馆的帘子

并将我缓缓托入失重之境

梦是天空遗忘在镜子里的另一片海

我们都是光的孩子

影子似乎成了自由的形状

在每个未翻开的明天

都藏着一个未曾选择的自己

每当影子离开身体

就像一个故事被读完

梦境狩猎者

他的呼吸被关在玻璃匣里

头顶的全息投影显示着一幅荒漠图

一条血红色的河流闪着微光

屋外楼群的灯闪烁成暗黄色

有人形似白鸥在翻越围墙

没来得及留下一声召唤

深夜的灯光把她的影子

砌进了灰墙

画里的河流还在涌动

似乎就要穿透这个闷热的房间

潜藏于盛放里的毒刺

终将以鲜亮的血色刻下命运的绝唱

天空是开着的

我们为何还要睡入封闭的墓穴

时间防火墙

雨后的电线杆低垂

像是刚被拔下的点滴管

我翻过一堵不设防的围墙

在一间灯盏熄灭的小屋

桌椅像纸鸢般升起

火一般的倦怠

像残烬黏在手掌

一缕新绿与枯黄交织成风

吹过我刚健而心事重重的躯体

你横穿荒凉的植被

在我的眼中栖息

时间丢掉护甲

让你去偷那遍地盛开着的过去

106

我看见你提着灯笼

把花往春天里赶

我收集了一百万具鲜活的火种

却怎么也点不亮

心里的那一具

当暴雨淹没稚嫩的春芽

你的心可以不动

但我的寂静比任何喧嚣都震耳欲聋

谁说春天是一个极其俗的意象

那是因为你没有遇见他

属
于

她不属于风

却让所有的树

朝她弯腰

你的心脏在我衰败的车站里敲击

有人在窥伺他未完成的繁盛

一匹苍马与骑士穿过蓝色的涟漪

嫉妒的箭矢携暴雨而至

云宛如受惊的野马

嘶吼着撞向天际

在废弃车站的天台顶

黄昏被困在一面生锈的镜子里

我以一滴血点燃另一种生命的帆

死亡睡在河底而流水活着

我们的怀抱偏是宇宙最沉重的秘密

凝固的青色云朵朦胧发亮

这里仿佛是世界的檐顶

我爬上用蝴蝶翅膀铺成的栈道

像正要撕裂的梦

又被心脏按回身体里

你裹紧暗蓝的外衣

拿着电话柄反复地撞击冰冻的空气

伤痕累累的气囊

像一只慢腾腾的怪兽

有人扶起飘荡的旧围巾

像扶起失而复得的愿望

火药被沉重的玻璃一层层覆盖

我们在寂静中下沉

所有的呼吸都流进溶洞

仿佛埋葬着所有陌生的雷声

我们短暂的怀抱

偏是宇宙最沉重的秘密

春天的伤口在大地
上开出花

春天的山谷滑入我的瞳孔

像宣告一场粉色的起义

我站在火山口把一生投进去

却又被熔岩喷回

此刻我踩进明亮的晨光

却仿佛身处一个曲折的回廊

每道拐角处都有另一个我

在时间的折叠中窥视自己

我是被囚禁的鹿

你是奔跑的森林

春天的伤口在大地上开出了花

所有的光都是被黑
暗推向远方的浪

我们推开一扇沉重的殿门

看见一座空荡荒弃的半球宫殿

用层层叠叠的光线编织古老的花纹

地板如冻结的星痕蔓延着清冷的光

中央一个黝黑的巨影

像刚从锻造的铁里挣脱

压迫如逆流的潮水袭来

我们像滑溜溜的玻璃珠四散滚落

它空洞的眼神吞掉了我们所有的慌张

风像钟摆忽然摆动

数道微光从殿顶的裂缝中漏下

四面传来稀薄的音节

像某种死亡的注脚

它说不出话

但整个宫殿都是它的回音

所有的光

都是被黑暗推向远方的浪

我的心就像一根裸露的发条

钢轨回荡着暗水闯进肺腑的巨响

一条失忆的船如炮火般

从黑暗深处怦然驶来

像慢镜头里的暴风雨

披着蓝釉的光泽

内部的审判

永远比外界的刀锋更锋利

诗人的身体被时间刺穿

他的词句咬住落魄的人间

我的心就像一根裸露的发条

一束耀眼的光斜劈下来

似乎要剥落它表面的旧皮

春天是一个美丽的陷阱

街角的花市在贩卖春天

枯萎的花和腐烂的果实

蒸发成废旧码头的锈水

心脏病房的探照灯下

我们被烧红的钉钩悬着

血液里有尖锐金属的锈迹

死亡般的气味混着胆量

让人更野蛮也更顺从

我们会脱身于漆黑

在更深处燃起新的光亮

大地在衰老

而玫瑰从未停止盛开

你典当的春
无人赎回

月亮扣紧衣襟

黄昏还在它的掌心

繁花的季节迟迟未来

道路两侧只剩下盐雪般的尘土

唯一鲜活的

是那串不知名的红色果实

挂在荒瘠的枝头格外显摆

云影横过山脊

像一只未停歇的手

抚过时间的额头

这个春天像被典当却无人赎回

黑幕中的棋子

灵魂赤裸时

比身体更渴望温度

拉锯的曲调从破旧的小酒馆传来

桅杆形的远灯靠在废旧的墙边

一只灰狐蹲在那儿

像在等待谁自投罗网

黑色默剧的面孔

蛰伏在他们轻盈的笑语里

如同霜冻的疫苗

刺穿你的手臂

棋子停格在无人的界碑上

你拉着我的手要走

在你的影子里

我始终走不进阳光

我就是自己的艺术品

黄色的路灯下

飞蛾围绕自己旋转了一生

石头睡在溪水里

梦见自己是一条鱼

尤尼芙说

我就是自己的艺术品

我们依旧不敢断言

能否将自己打磨成绝世之作

我们深知自己不过是

一块燃着火光的顽石

任岁月锻造

也无法被改造成别人的模样

我的诗句将在时间里行走

总有人会在某个冬天听见它

燃烧的灯塔
你将石楠丛点成

烟尘散开

露出一座凝视的矿井

她像一块未完成的化石

躺在未成形的岩床上

他倚在门边

门外是废弃的走廊

镶嵌着无声的回声和未燃的火焰

黎明像一只蜥蜴爬过苔藓覆盖的边界

头顶是群鸦未凋的羽毛

赤土与盐泽并列于地图的一角

安息地和纪念碑在同一经线上交会

有人朝着天空许诺

最后却在地底挖到真实的自己

天空下的雾像一件透明的长袍

笼罩着父亲废弃的棚屋

在人类坍塌的船只上

你将石楠丛点成燃烧的灯塔

所有的橘子都成了日落偷藏在果皮里的灯盏

时间折叠成半透明的纸

安放在我们的掌心

为真实作着伪证

第五篇 ●

时间的风口
诞生了人类

05

一个时代的灰烬是另一个时代的灯塔

他说， 若思念有重量，
我的影子早该跪下。

（〇一）

薇诺梵有这个星球上最大的图书馆，里面有各种诗歌飘浮在空中，这里有很多真理，等待着被发现。我也会时常穿梭回这里，查询格利泽的一切未知事物或者著名的人物等信息。我似乎把这里当成了一个搜索引擎或情报站。这里似乎记录着格利泽的全部历史，有时连续好几天的梦境都在这里发生。

而菲厄泽则是这颗行星上看日出的最佳之地。那儿的晨曦仿佛能触碰到灵魂的边缘，记得我第一次在菲厄泽凝望朝阳升起，忽然发现，原来我与这无垠的苍穹一般浩大，我与灵魂彼此相映，心中涌起一种说不出的震撼。

至于芙尔尼地区，那里汇聚了十二个大湖——这些湖泊没有固定的名字，全都像梦里随意取的花名一般，在我的诗句中频频出现。为躲避"梦境移民局"的追寻，梦境中的我曾在这里隐居过：一个破旧的小木屋、几棵古老年轮的大树、一排斑驳的脚手架和一片散发着幽光的蘑菇林。每当夜幕降临，那里常常飞过一种蓝色通灵的鸟，称作蓝月鸟，它的鸣叫似乎能将梦境与现实轻轻拉近。

他说， 每一段回忆，都是在伤口上缓慢生长的植物。

（〇二）

碳威是格利泽创世的虚拟游戏。在这里，我似乎是一名碳威的总工程师，负责一个人类创世的虚拟项目。言外之意，就是创造一个新的宇宙和人类文明。我总认为人类是被创造出来的产物。如果人类科学技术发展到一定阶段，人类也许会追求精神永生，这也就是升维。升维之后的人类，由于行动力受到限制，一定会想办法创造一个新的宇宙和新的人类，以达到某种目的。

玻璃边界并非城市，也非普通荒原，而是一道几乎透明或半折射的空间断层。远看似晶莹的屏障，近看又毫无阻隔。阳光在其表面四处反射，形成复杂的光影迷宫；双脚踏上后，会感觉空间错位，仿佛身处多个维度交叠的界面。

由于无法获得更高级的权限，关于玻璃边界，在薇诺梵图书馆我能查询到的信息特别有限。我推测，也许穿越这道玻璃边界后，就能进入一个更深奥的场域，类似高维调控命运的后端。但要真正通过这里，还需要一把密钥，这便是白瓷卷宗。卷宗正面常映现出繁复的几何光纹，当有人以指纹或虹膜接触，光纹会自动调换阵列。若验证通过，则开启其编辑权限。在梦窗之河只能看见未来，而白瓷卷宗却具备部分编辑或删改命运片段的可能性。

他说， 光滑的墙壁环绕四周，回声被精确计算，

不多一丝情感。

（〇三）

相传，在格利泽星球的某个湿热的地带，潜藏着一个不完整的、半失神的夏之灵。它像一团从古老火山口逃逸的水汽，却含带着人类失落的呼吸。一旦天地失衡、冰墙融化、数万米的气候装置失控，夏之灵便会在雾焰的风暴间徘徊。它的形体似炎热的灰白烟羽，时常蹒跚于蒸腾的水汽与尘雾里。因为它只继承了夏神一半的能量，故而显得飘忽、懵懂，宛如诗中锈蚀了帆骨的孤舟，找不到完整的自我。

寒屿兰卡是一座利用星火石开辟新疆域的城市，与万米高的冰墙比邻而居。城墙由嶙峋的冻土与透明的冰砖混合修砌，仿佛一条凝结的苍白巨龙匍匐在地。与冰原相对的，是不远处的火山岛，由于此地盛产星火石，城市的管理者组织人力物力开采，用星火石融化冰墙，以开辟更广阔的疆域。

他说， 镜子碎了，

里面的人终于获得了自由。

（〇四）

天空中，灰羽巨鹳正展开它那宽达数十米的灰白巨翼，悠然自得地翱翔于万米高的冰墙附近的高寒区。城市的人们甚至驯养它们，视它们为空中交通，载着生物和货物穿越极度严寒的气候。

而在格利泽遥远的过去，荒兽曾是这颗星球上的霸主。那时的荒兽横贯南北，庞大如山，它们的背上覆着熔岩般的甲壳，在冰墙尚未彻底冻结的岁月里横行无忌，让无数生物俯首称臣。听着这些传说，我仿佛看见那一幕幕原始的浩劫，如梦似幻，却又沉重得让人难以忘怀。

青魂果生长于伊洛瓦，这座临海之城的海面在晨晓时分会呈现出蔚蓝色，似乎正契合果实的幽蓝属性。伊洛瓦城外的一段隐蔽海岸线上矗立着几株高而纤细的藤蔓，只有当潮汐与日光完美交汇时，这些藤蔓才会在最顶端结出青魂果。传说食用青魂果可修复破碎的灵魂，亦能填补心灵中某些难以言喻的空洞。但若使用者内心抵触，它则无效，甚至会让人出现幻觉。

在孤山那片罕见的无人区峭壁上，我曾见过孤山白月季。

它们的花瓣纯白如雪，夜里与梦境悄然共振，半透明的叶脉仿佛镶嵌着远古的记忆。那被称作白色幻影的花朵，只在孤山西部与南部独特的宜居线缝隙中悄然绽放，一旦被它那纠缠不清的根系缠住，便会陷入无尽的梦境循环，永远无法逃脱。

而在曼陀梦各海峡和冰原的裂缝之上，我曾捕捉到一种名为暗火花的黑色光束。那光芒在雷暴前游走，只有极敏感的双眼才能捕捉到它闪烁的一瞬。它们不是实物，无法触摸，却深植于这颗星球的能量脉络之中。传说，暗火花的根茎以能量丝的形式紧贴着行星内部的火核，虚无缥缈，带着一股让人心生敬畏的神秘力量。

他说， 所有的猎犬都已老去，
而我仍带着沉重的锁链前行。

我们只有一次深呼吸的机会

在苍蓝的空域

我骑在一只灰羽巨鹳的脑袋上

伊洛瓦以南的海面喷薄着蓝焰

海底潜伏的荒兽正在咀嚼沉泥

巨鲸驱赶着鱼群

吞咽着缕缕水草

像极了远古的资本家

不断掠夺和压缩生命的空间

这一切都会成为泥沙

被海浪轰鸣着拍打上岸

仿佛在每次诞生与毁灭之间

我们只有一次深呼吸的机会

暗火花与孤山白月季

灵魂贬值

像废弃的旧报纸

我捧起插满空梦花的花瓶

试图看清世界的缺口

月鹉在曼陀梦各海峡上空俯冲

撞碎流焰风暴

暗火花与孤山白月季

只剩遥远的颜色

我们从未抓住过它们的根茎

也从未掬起大地倒悬的影子

我将沿着一条被你命名的路

返回春天

如果我是一粒种子

是否会在你的故事里开花

文明是刻在远方传说中的角色

空腹的青山被饥饿的旧神蚕食

烽烟敲击着北半球的拇指大陆

云朵像融化的铁皮低着头颅

这里的树木从未见过一朵完整的鲜花

我曾试图翻越一扇挂着铜锁的门

门外是边境

比命运更遥远

我双手撑开众人的眼皮

所有的人都在一个巨大的巢穴里做梦

在盛装出行的光辉里

无人佩戴的王冠仍在发号施令

文明是刻在远方传说中的角色

站在希望的田野上

赭红的田野边陲躺着陈旧的工具

在釉黑色的土壤上

农民栽种着长着合金翅膀的稻谷

雨犹如一位缺席已久的访客

在大地上静静地燃烧

又像刚刚醒来的梦

以迟缓的姿态不慌不忙地生长

我用整片天空换一粒粮食

最后天空填饱了自己

世间所有的灯盏熄灭后

影子才能真正地站起身

我的心是大地

安静地耕种

丰收与失败皆是我生命的果实

想是伏于沃土之上的春眠

最美的梦常在醒时凋零

向北泛着淡蓝的水脉

从前的狩猎场与烽烟

已不再燃烧我们的血

想是一道深深的车辙

当花瓣淹没它破碎的轮毂

众人推倒万米高的冰墙

让我们用最喧嚣的方式抵达光明

春天的夜

还在未翻动的沃土下做梦

春天未必会替所有人解冻

阳光透过布衫的针脚刺进眼里

春天的花枝拍打屋檐

却赶不走我的悲伤

如同某个逆行的船桨

只在浪里翻搅着

午夜的蔷薇在远方哭泣

我看不到她的嘴唇

她让我几乎忘记春

忘记蔚蓝呼吸的含义

我们总以为春天会替所有人解冻

却忘了自己心里的雪从未融化

时间的风口诞生了人类

我的心脏在一拍一拍地敲响

门外暴雨般的光束倏然灌进来

塑胶般的影子在翻动

潮湿的面孔

沉睡的印戳

闪烁的灯管

碎屑般的广告墙

每个人都想在亮着红灯的机器上

刷出自己的身份

时间的风口诞生了人类

大地浮在水上

世界最高的地方坐满了孤独

玻璃外的世界模糊成梦

镜子里的裂痕

是我们自己划上去的

时间折叠成半透明的纸

安放在我们的掌心

为真实作着伪证

水依旧以冰凉的弧线撞向自己

白鹿一次次俯身

以失神的姿势舔着被困的水面

山脊卷来不知名的潮声

远方有人提着一盏旧灯笼

宣称来自荒芜之地

你的眼睛在黑暗里慢慢变亮

我看见黄昏像一块碧玺

把大地的褶皱一一碾平

又像一个巨大的合页

折叠了时空

流散进每个目光不及的角落

水依旧以冰凉的弧线撞向自己

半失神的夏之灵

所有相拥的人都是溺水者

试图从彼此身上借一口氧气

天空有湛蓝的熔炉正在沸腾

半失神的夏之灵蹒跚于蒸汽与尘雾中

风锈蚀了它的帆骨

枯骨般的支架失去平衡

天空辽阔

我们的呼吸却被困在胸腔里

我推开玻璃边界的门

看到世界把自己锁在了另一侧

只剩下白瓷卷宗泛着冰冷的光

所有人都按下指纹

想从命运里分得一页

光无声地逼近

我忽觉空气被一层层叠起

仿佛时间被卷进某个

透明的夹层里

时间耐心地雕刻我

而我只剩下被雕刻的疼痛

火在奔跑

谁能扑灭一颗决心赴死的心脏

我的心似光洁的陶坯

美从深渊里生长

摘它的人被误认作魔鬼

她的泪比花期更长

我的心似光洁的陶坯

任你蘸色勾画或镌刻

我从不惧怕瑕疵

每一道伤痕

都可能开成更美的花

绿洲

你的押韵像决堤的夏天

拍打着我心脏里唯一的大陆

你是我身体里温暖如血液的绿洲

三分之二的眼睛流向你

三分之一的骨骼属于我

你在黑暗中沉睡

梦境缓缓剥落

如一座悄然消失的岛屿

隔着时光的门缝

我依然能感受到你的温度

仿佛你就在背后轻轻呼吸

谁也不能来饮水

谁也不能来流泪

你的体温竟然是我荒唐的想念

光穿透玻璃

带着雨的形状落在她的身上

我跑得够快

可是心跳还是落在了他的身上

黄昏熄灭我

像擦去桌上的一抹灰

我囤积荒凉的柴

以应对将要到来的贫穷

我的房子没有炭火

冷得像一口黑井

融雪是我饮的水

苹果和玫瑰悬在我的脑袋上

我永远也够不着

你的体温竟然是我荒唐的想念

世界正在旋转
而我已卸下双脚

长满青苔的琴弦

再也弹不出那个夏天的雷声

我们在爱中交换彼此的牢笼

妄想其中藏着自由

那些停留在书页的教训

只是禁止入内的指示牌

只有当我真正踩进淤泥

它才会变成我骨头里的钙质

世界正在旋转

而我已卸下双脚

所有的火焰都在水底凝视着自己

孤岛的轮廓消失在大雨的黄昏

遥远的山脉像被洗过的悲伤

我们的影子被按在石头上拓印

成为一件件由统一模具复制的工艺品

如果要献祭

我愿举起一顶孤独的王冠

换取你半寸微笑

世界是行将结束的合唱

我们是两个无法连接的灵魂

我将用目光祭奠你

仿佛你内心枯井般的寂域

正在吞噬一场火一样的雨

我的鞋底沾满昨日的花瓣

像一生的去路

所有的火焰都在水底凝视着自己

像抛弃一把旧的降落伞

梦离开我的身体

第六篇

死亡静静照面

比任何编排都精准

06 所有的救赎都赋予

坠落以翅膀

他说， 所有倒下的脊梁，

都是光在黑暗中站立的方式。

（○一）

利郎格的太阳是蓝色的。

这里出现了第三号风暴，是行星上骤生的蓝色漩涡。

这座城市在我的梦境里出现过很多次，有时候是与某个人或者某方势力角逐，有时候又是单纯梦见这里的蓝色太阳和晴好的天空。

目前这里仍是我心底的一个谜团。

天空的牛铃响起，这片田野已不再属于牧人。

炽风青带是由阿尔卡迪亚和伊索伦提亚两个巨大的草原组成。从高空俯瞰，仿佛镶嵌于格利泽行星之上的一道青色的腰带。

这里生活着一个民族，据说这支民族先辈曾是格利泽行星外的漂泊者，为躲避极寒与极热的气候，选择了在这个南北交接的草原扎根。

时间在马背上折断，春天从血迹中复生。

这个行星上最大的海峡是曼陀梦各，常年刮着超现实的流焰风暴，这片海域的海水燃烧着可见的蓝色火焰，至今无人能用物理工具横渡。

月鹚是一种奇异的飞禽，白羽中带有微弱荧光蓝的印记。因其能与海茵茨共振而得名月鹚。它具有极高的俯冲速度，往往在流焰风暴形成之前突然出现，以破风的姿态穿过火焰的气流。当地传说认为月鹬可以身破焰，暂缓风暴蔓延。

**他
说，** 我们飞向火焰，

最后却以光的形状返回。

（〇二）

盐雪平位于格利泽星球北纬27度解冻带的边缘地带，四面环绕着朦胧的盐雪雾气，被当地人称为盐雪之城。此地盛产雪盐，是这个星球上最佳的调味料；但最著名的还是它的泉水，水质呈淡金色，在黑暗中能隐隐发光。

相传，若有人饮下这里的泉水，便可临时变换容貌、体形，甚至声音。

记忆盒子是我在薇诺梵图书馆里查到的相关资料，它相当于奥尔汀生命档案系统的交互端，仅如一个掌心大小；整体呈半透明的晕灰色，表面有微弱的光泽，有着类似云母与银丝的混合质感。质感触之略带冰凉，却能隐约感受到内部的能量脉冲。

盒子内置了与奥尔汀生命档案系统感应联动的微晶结构，当需要存储记忆、灵魂碎片或任何意识时，可经由盒子自动扫描而形成心灵脉络压缩包。这些心灵脉络会被即时加密，再通过远程的脉冲虹桥上传到赫露宫的中枢数据库。

蓝芽是某种新鲜又带着酸甜刺激的果实，当手指触碰其脉络或者把它吃掉之后，会在脑海中浮现出这枚果子生长时所记录下的某个场景。

银钟塔与瓷瓶廊坐落在一处风景极好之地，具体位置不详，但与爱情有关，吸引着这颗行星的年轻人前来许愿，大概就类似鹊桥和银河。

那泊尔是一个宗教圣地，在这里每个人都会举着一团火焰，去往凤真山祭奠格利泽的第一代统治者，为后世祈福。我在这里的梦境有些超脱，正如每一道清冷月光都幻化为通向未知彼岸的灿烂桥梁。不提也罢。

他说, 活着的恐惧像烛火般燃烧,

我的眼睛只能照亮一寸黑暗。

(〇三)

当我走入一座音乐之城,市中心有一个巨型音乐盒。尤加丽是这座城市的名字。

据说若你能拿出你的真爱,这个音乐盒便会创作出属于你的歌曲,并将它传送进爱人的耳朵里。但若你的罪恶太多,这些音乐便会使人生出幻象。

我落进被荒沙环绕的古城。她的脸从不向着朝阳,而是不停地凝视着那远方无法触及的夜空。

考罗沙古魂封印之域,据传埋葬着上古时期百位王者的灵魂。城内大街小巷中常有不可见的回声,许多人因之精神错乱。

据说梦魇沙暴一旦爆发,黄沙就会卷起亡魂的哭号,人若被卷入,会短暂失去自我;而黑曜骨廊,是百王遗骨化石形成的巨大回廊,泛着黑曜的镜光。

在这里，我似乎是一名矿场的安全员，在一个名叫雾峰山的地方工作。

雾峰山位于格利泽某个偏远的角落，海拔极高、气温严寒，多处山峰常年被浓雾笼罩。据传，这里埋藏着高纯度的地核能量石，被私人过度爆破与挖掘，打破了山体平衡，导致内部冰岩大面积开裂，最终酿成矿难。

半梦里是我自己取的名字，这里是一座介于现实与梦境、昼与夜、安静与风暴之间的神秘城市，也是格利泽首富拉斐尔的故乡。它的地貌被碎石滩与巨青石环抱，拥有布满高大槐树的北境荒原与橙黄浆果树的中部绿地；它的上空常见极光与绚光的幻影，而城市里的人也与自然共生。

在北纬27度的天幕上，有一道悬浮的河流，人们称之为苔索悬河，因为它常常泛着绿色苔藓般的微光，仿佛一条被风托起的青翠丝带。相传，这道悬河自东西两端同时延伸，绕过一座又一座古老城市，最终汇聚于那隐没在冰墙阴影后的光之隘口。

他说， 旧神陈尸旷野，
一只凤凰衔走了他的心脏。

时间没有认出我

睡眠是一场死亡

而我拒绝投降

水涨过头顶

梦与现实终于平齐

褐青色的藤蔓撑开午后的光束

地表喝干云彩

只剩下灰色的尘屑

星痕像失物般坠进眼球

挤出一抹鲜绿

那弹指的呼吸

在我们的体内旋转

穿过神的动脉继续向前

我经过死亡

时间却没有认出我

梦是所有死去事物的逃生通道

一场细雨悬在桃乐茜的夜空

山脚下的水涨了

是那年没说出口的遗憾化的雪

她在水里漂浮

裙子像一把撑开的伞

落英如爆炸的蝴蝶

与春天殉难

隐没脚踝的草用隐形的羽翼鼓掌

雪白的救生衣在飘

我站在五月的最低处

只想记住这无可辩驳的盛放

火柴与青春的化学回路

这里的冬天漫长得像一个世纪

她走过盐雪平的教室

那生动的短裙

如低声提问的浪花

在化学公式里长出意外的

淡金色的雨

另一张陌生又漂亮的脸出现

男孩接过她的火柴

将自己尚未燃尽的青春

赠予旧时代的骨头

她松开了手

让他融进雪原

像放生一只狼

我已饱食这枚酸甜爆破盛放的蓝芽

我以手指触碰它的脉络

轻盈明亮

却忽然被记忆的暗流堵塞

我们被困于旧城的废井中

有人称这只是巡查任务

也有人说是为了摆脱警示

一道错落的墙缝收容着黑暗

我们在黑暗中等待

直到光明成为一种死去的习惯

十年以后

头顶的铁盖被推开的瞬间

落下一群微微闪光的星星

那所谓的自由

或许正是初生空气的新鲜味道

罗兰纳的
赤壁画境

黯色剪影在赤壁的刻痕前游弋

历史的激流爬梳着古老的纹路

他颤抖着渴望突围

扯断那黏附的陷阱

时间磨去了他所有的战术

只剩赤手空心

脱落的灵魂在水底挣扎

浓郁的沉睡画面像一段长长的梦

困在失落崖面上的凹印

欲与那时光的轮廓嵌合

灵魂先破水而下

身体才敢听从召唤

他的影子向更深的黑色地带滑去

将荒沼推回光明的岸

南方以南
北方以北

南方以南是海

北方以北是伤

我的诗能否追回

三万公里之外的羊群

青春只是燃烧得快一点的柴

青春不是资本

它只是燃烧得快一点的柴

我在身体里种了一千棵落叶松

心里有三百条不愿说出的思念

我看见苔藓色寂静的悬河

正拉扯着他的行舟

你把余生都押在他尚未启程的船票上

我的心如薄纸突然遭遇海风

又像大水淹没童话中临时搭建的矮楼

蝴蝶的花蜜被称作月亮落下的眼泪

青春是盛夏上空飞走的气球

死亡静静照面
比任何编排都精准

人群在灰色的楼宇间行走

他们绕着相同的问题转圈

像困在漩涡中的落叶

那些擦肩而过的陌生面孔

都像一匹马

绕着木桩原地踏步

当夜深处的钟声

敲下最后一拍

人们忽然停住脚步

死亡静静照面

比任何编排都精准

初逢是灵魂的新生

黎明未至

光已在我的骨头里生长

我从玻璃边界轻轻滑出

再也无法洄游到方才的梦境

我没有实体

却能感受到空山无雨

世间仍在落叶

风在拂动我的额头

林鸟的呼吸声

合唱隆隆如洪钟

而初生孩子的哭叫声

几乎要将我的心跳淹没

自由是一种生疏的幸福

需要被重新学习

当梦的账号下线时

梦离开我的身体

像抛弃一把旧的降落伞

我在一片蓝色中垂直下落

没有失重

没有心跳

我只看见绿光爬上山坡

我奔向那光

光也奔向我

麦田的影子在体内奔跑

故乡以火之名唤我

梦境之外

世界已经燃烧

门

有些路

走着走着

就长出了门

我吻了一场暴雨

无眠的人坐在失序的岸边

仿佛随大漩涡沉入未知

过去的浮雕荒凉地嵌在海床

那被金色缠绕的把柄

谁都不知如何松脱

当我回来时

脚踝上还缠着松绿的盐渍

我吻了一场暴雨

从此不再信晴天

想念是一台野兽形的起重机

九月的海岸线缓慢地生锈

秋天正在吞噬铁色的风

我的眼睛里有光

可是没地方落下

漆黑的土早就尘封了你的名字

粉雾海涂抹了半个天空

夜半的铁轨用无形之手敲击肺腑

废墟上的苔藓与死亡纠缠不清

麻雀的胸腔里藏着能倾覆森林的怒吼

想念就像一台野兽形的起重机

拆着我心脏那座空旷的旧塔楼

所有的站立都是倒下的慢动作

冷灰的楼群矗立

像拉斐尔的后院

绚丽盛开的秘密

只分发给极少数人

我躲藏在暗厢均分给所有人

背对病者的目光

在无灯的地底回廊

展开被锁的羽翼

我必须踏出此牢笼

把自己再度塑造

世界贴近我的眼睛

痛苦是一道窄门

仿佛所有的站立都是倒下的慢动作

我的眼睛是一口井

装满了天空

月亮静静地挂在天边

像一个离开我的女人

我的腰间

挂着九次叛逃的香气

我看见露水沉重

像一朵花低头任命

麦田在燃烧

向日葵点燃太阳

去年的旧石凳

寂寞地空对着几朵石楠的落花

我把心交给那条浅绿色的河流

在我与她的身体交织后

沉重的元素继续在我的体内生长

大地尚未完全苏醒

我把心交给那条浅绿色的河流

它在我的体内奔跑

仿佛要凿开陈旧的门楣

我感到衣衫下潜伏的潮汐

于脚踝向上攀爬

我看见长翅的农具

正翻开陌生的土地

门很低

太阳从地里长出来

银钟塔与瓷瓶廊

彼此映照着微弱的光

像两股海潮于昏晓交汇

你站在桥上看水

水也在看你

谁都不确定下一秒谁先坠落

你的声音被蒲公英

温柔地带入结冰的云层

那株古榕的根脉

正默默地扎进时间

河水向前

我们向下

仿佛停了一场梦的时间

骤雨如一百万颗流星砸向地面

亲了泥土

也强吻了你

我们在深绿色的风里奔跑

你的手心还攥着

那朵来不及躲闪的花

让刺和水滴

共同刺破我们的血管

你的手在我的手里

你的血涸流进我的心脏

你走得很轻

却像一座山塌进了我的梦里

蝴蝶在黑暗的茧房里
长成绚丽的翅膀

暮色中的玻璃森林吐息如消融的冰

穿过我的血脉涌向悬崖

远处的灯塔仿佛走进了我的胸腔深处

在每次脉动时投射出你模糊的影像

我沉向波光中抖颤的甲板

梦在潮汐的闪烁中缓慢蒸腾

你在召唤某种被遗忘的力量

让世界的边界逐渐向内塌陷

春天解开生命的缰绳

蝴蝶在黑暗的茧房里长成绚丽的翅膀

雨落在银河系

滴落成亿万双凝视的眼睛

第七篇

赤道往北
二十七度雨

雨却不肯灭火　我的身体在燃烧

他说， 遗忘是我们身体里的第二次死亡。

（〇一）

　　格利泽星球上还有许多知名人物。他们在各自的城市或地区留下深远影响，有些人推动了科技发展，也有人以文学、艺术或医术闻名遐迩。这些人物的传说与事迹口口相传，在格利泽的群山、冰墙与狭窄的北纬27度宜居线上流芳千古。我就根据梦中的记忆，随机列举几位。

　　在纳斯罗城的青石小巷中，我曾漫步于布满岁月痕迹的街角，那里，浮雕上镌刻着尤尼芙的诗句。传说尤尼芙是格利泽

174

最受尊敬的文学家，她自幼便爱上了诗文。她把冰墙的苍茫与人心的幽微糅合进字里行间，开创了独特的雾灵诗风。在她临终前，于雾灵川远眺瀑布，留下了那首《二万枝逆生天空的白月季》，从此成为格利泽永恒的经典。

在薇诺梵，我听闻了关于道里安的传说，那位被称为梦境哲学家的女子。她从奥尔汀生命档案系统中汲取历史与记忆，把人们内心的脉络化作梦境的力量。她的理论悄悄地改变了后世人们对记忆、灵魂与梦境关系的认识，就像一阵阵柔风，拂过每一个听闻者的心房。

在达多菲，我看到宇格修恩的雕像立在中央广场上，他的眼神望向远方，仿佛在计算风的流速。他是格利泽最伟大的发明家之一，创造了悬浮车、云舟列车，还有那台让梦想与现实重叠的梦境转化器。

　　卑尔根的雨淋湿了街道，也淋湿了塔勒拉·菲恩的医书。我站在一棵沐痕树下，看着雨滴顺着树叶滴落。塔勒拉·菲恩研究了这种雨水的药效，帮助无数病人恢复了健康，人们叫她治愈之母。可我在档案馆里看到她的日记，里面却写着："我治好了他们的病，可他们的伤口还在。"我不知道她指的是什么，也许是命运给人的裂缝，也许是时间带来的损耗。她后来去了杜耶尔研究失忆，她想知道那些选择遗忘的人，究竟在逃避什么。

　　在伊洛瓦的港口，我看见了洛伊什的雕像，他是航海家，也是流焰风暴的追逐者。他曾乘着小型木帆船闯入流焰漩涡，在海上漂泊三天三夜，带回了一块燃蓝石，那块石头成为格利泽能源研究的重要线索。他还推动了伊洛瓦与诺尔辛间的贸易，让青魂果、天海鲸的瞳火流行于各地。

　　在乌斯怀亚，我遇见了一位旅人，他告诉我，雪毓儿研究缤纷的雪蝶已经很多年了。她认为，雪蝶是格利泽生命的起源，是人与自然共生的证明。我跟着旅人走了一段，他指着天空说：“看，那是诗巫的光线，它和雪蝶共振的时候，整个世界都会安静片刻。”我望过去，看到远方的雪地上，几点细小的影子翩然升起，在白色的世界里几乎隐形。旅人笑了笑说：“你看，它们真的在跳舞。”

在绛雪鸦的栖息地，我遇到一个老人在讲册多因的故事。她是梦之果实的看护人，为了寻找雾珊草的种子，独自进入雾谷。她策划了达多菲的梦之剧场，让观众品尝果实，品尝者会跟着主角的心一起跳动，并且能感受到他们的喜悦和悲伤。当然，如果你平时吃下这个果实，你便能感应到目光所及之处的人的心灵。我听着老人的讲述，忍不住问：“那个果实真的能感应到别人的心灵吗？”老人看着我，笑了笑说：“你不相信？”我摇了摇头说：“我不相信奇迹，我只相信时间。” 老人沉默了一会，淡淡地说：“那你来一个。”

在考罗沙古魂封印之域，尤克洛的名字被刻在黑曜骨廊的入口。他是一个沉默的考古学者，毕生研究百王遗骨的秘密。我走进黑曜骨廊，四周一片漆黑，只有石壁上的刻痕隐约可见。尤克洛曾在这里记录下遗骨的共鸣频率，他相信这片土地还埋藏着更深的秘密。

在那泊尔凤真山，火焰燃烧了一整夜。人们围在不灭的火焰旁，低声吟诵绪兰·因的火焰祷文。人们说她一生只写下十六行火焰祷文，却在整个格利泽产生了巨大的回响。我闭上眼睛，听见风里隐约有声音，那声音穿越夜色，带着火的温度。

她的名字叫安黛尔·七环，她被称为格利泽的晴空之钥，足迹遍布北纬27度沿线的诸多城市，从利郎格到比得潘，也曾于诗巫祈福仪式上见证灵魂苏生。她的步履所及之处，让人仿佛置身一片薄荷色的浪潮中。她在雾灵川的瀑布前筑梦，当数万朵白月季在空中绽放时，她会抬眸，将月弧融进人的心房，医治那些被称作经验的灰烬，让痛与过往在新的尘埃里重新复活。

他说， 所有人醒来，

唯独过去还在沉睡。

（〇二）

格利泽的故事快要讲完了。赤道往北二十七度的雨才刚刚落下。

我会比你们先一步到达那一片终年下雨的城市群。在那里，我将遇见你们所有人。我们会彼此拥抱，背对着各自的伤口。

在没有做梦的时候，我企图用文字来探讨一切存在。

一直觉得，存在的根本是欲望，欲望就像是一棵不服从国界的树，权力盘踞在深夜的床榻，分配着它的重量。我们都在掩盖自己的渴望，用谎言和金钱粉饰着这个世界。

现实的骨骼暴露在光里，我们所有人都像矿工，在信息的矿井里不断挖掘着自己。

大地翻开新的伤口，故事在深处结疤。

当万象皆成密林，稀疏的光隙便是生命的解药。

不说了，我要去做梦了。

他说， 如果火注定会熄灭，
它至少该烧痛一下这个世界。

不满是自我寻找
出口的锋芒

低空列车悬挂在荆诺维的旧轨上

这台沉重的机械如不满主人的牛

愤怒地跺着脚

夜一点点渗入手指缝

城市锈蚀成黑蓝

灯盏相照

光从我们身上借路

那是一匹不肯让自己

陷于驯化的白马

甩掉骑手

朝更深处的夜奔去

温柔的火焰
在燃烧

你站在玻璃罩中

像一朵被阳光触碰过的花

让我的凝视滑过你的脚踝

雨自会回应

穿过遥远的门扉

风从空杯里流过

仿佛倒满了时间

我将孤独裹进花瓣的层层阴影

擦过南方嶙峋的山腰

你的头发披散

像温柔的火焰在燃烧

合声

让脆弱停止自我悲叹

焦虑不再扯动自身的神经

灵魂并不栖息在肉体里

而是被时间借用

我看见人们各自怀着暗色的火

所有人都像濯洗过的稻穗

交错着穿入阳光

无数的身体获得了各自的影子

他们挤在一片狭小的土地上

声音轻轻碰撞

犹如一场等待发声的沉默合唱

世人都在狂欢

而我只是经过

久未搬走的思念

达多菲被海藻包裹的天空

衰老的气息像泡过时间的脏水

在这里预演着衰败

断裂的高枝犹如丢弃的画笔

我绕过它们失去色彩的翅骨

遇见你提着空心的灯盏

穿过褪成灰光的灌木

像久未搬走的思念

让等待仿佛又活过一次

铁在燃烧

水在滴落

爱在疼痛里铸成形状

猫的脚印是昨晚
月亮走过的痕迹

炽风青带的雨还没有来

有人在远处烧起青色火光

换得一把骨头色的旧木头弦琴

弹出优美的曲子

引诱我们在荒地上围成一圈

她在旧木楼梯处挂上鹿角

说要献给即将到来的清晨

我们各自背负史前的眷恋

走向荒芜的旷野

那处人马不相识的疆域

猫的脚印是昨晚月亮走过的痕迹

远方的路越走越远

脚下的土却永远在同一个地方

夜的琴键上
开出花

当我们松开彼此的手

城市忽然塌陷一座高楼

并将夜的风漏进我的耳朵

是谁在唱着一首温柔的歌

广场忽然升高半米

脚下像踏着透明的琴键

遍地月光是今夜的雪

城市最亮的灯火

是心上未曾熄灭的爱

你我的呼吸尚带欢愉

世界顿时少了一层阴霾

爱是最微弱的声息

却能擒住世界的脉搏

要风起于南
要雨落于北

世人低头计算

只有疯子在夜里数星星

有人从被风蚀的木梯上跳下

抖落满身的灰尘与欲望

他走进灰羽巨鹳停歇的沼地

一汪清澈的盐湖在他的脚下

有碎盐像雪粒一样飘落

将所有人造灯火吞没

乌云正向远端迫近

就像古老的铜喇叭

发出低沉的暴雨预警

我踩着崩塌的桥梁

以为自己还能过河

一幅模糊了我模样的速写

他的影子落在我的身上

我便以此为光

荒原上追逐现实的画家

携卷着被漆黑的风暴漂洗的画布

立在利郎格的蓝光里

雨在你的眸子上游走

月亮是一朵被剪掉枝丫的花

一列载着秋天的地铁抵达我的肺

蓝色是我唯一的身份

我在碧绿的麦浪中飞奔

雪与晨曦跳跃成诗

当我在你的眸中遇见自己

爱情在微白的晨风里

一扇老旧的窗子微张

风筝失控

牵着半块未苏醒的天

当我在你的眸中遇见自己

才知道你是我真正的疆域

我们共享同一条河流

你是岸

我是水

我吻过你

像风吻过火

每道虹都背负过
一场淋漓的雨

孤独是一个长满苔藓的词

我感到自己的眼

正泛出某种新的绿

他们的耳朵

把自己关在机械的噪声里

他们嫌光线陈旧

也嫌音乐粗糙

可我的心倾向世界

像森林倾向雨

雨落时我折叠了万道霞彩

让那绚烂从山巅一直流淌进我的身体

大雨无声地溅落在命运的裂隙

时间像残酷的裁缝

用光缝补世界

一丛火花落进我们无法测量的深渠

命运在更小的气压里

沉沉地坠落

像脱离轨道的古老卫星

切开风的瓷盘

穿越时间的骨架

在黄色的经脉里纵横

直到翻越世界的最后一道脊梁

大雨无声地溅落在命运的裂隙

你若厌倦风
我便折断自己的翅膀

你的忧郁是一只折翼的鹤

我的怀抱是你南归的方位

你若厌倦风

我便折断自己的翅膀

当饮下盐雪平的泉水

终于变成你爱的形状

我将钥匙插进你的脉搏

等待世界缓缓开启

开一朵不带雨的空梦花

我想要卑尔根的雨

治好你的枯枝

在四月我生日的时候

为我开一朵不带雨的空梦花

我不是你的枝叶

我是另一棵树

我的世界穿着守
旧的糖衣

梦是褪色的海潮

退去时

带走了现实的轮廓

我的世界穿着守旧的糖衣

劳动编织着每一寸衰老

所有虔诚的石头

都想变成黑土地

她生来就有翅膀

时间如暴雨

淹没了盛放的梦

风起之前

树影站得比时间更稳

但没有人敢仰望那被夺走的天空

贫穷如铅块沉在心底

脚下再无路可行

世界从未允许她飞翔

可她生来就有翅膀

欲念与幻想拉开对称的张力

我的身体是我的
而世界仍在审核
我们被困在镜子里
看见的都是别人的眼睛

我举目四望
天地间只有风
像命运的牧人
驱赶着游荡的灵魂

欲念与幻想拉开对称的张力
我在中央筑起存在的基点
也许这样
黑暗与光明都能向我敞开

她的名字
有七道月环

她是一道跨越纬度的曙光

将薄荷色的浪潮吹进我的血液

生命是没有边界的水

所有的黑暗都是光的轮廓

她的琴弦像清晨的雨珠

撞进你所有干涸的音域

痛苦是重生的土壤

你甘之如饴地在这片炙热里复活

她的名字有七道月环

七十七道断崖
立于火山之外

她的名字是雪中生长的冰焰

吻它的人都被烧破了嘴

她的身体会开花

长满太阳的影子

走过的地方连风都带着甜味

你的瞳色深深嵌进我的黑夜

思念像孤独的半月

在胸口慢慢弯曲

今夜七十七道断崖怒立于火山之外

你才是那难以越过的极限高度

花是春天燃烧的火焰

她的目光像埋在深雪中的火种

透过灰云试探季节的呼吸

一座遥远的湖平滑如未触碰的水银

晴天里忽然落下一片古旧的花瓣

像从时光深处递来的询问

岸堤闭上失焦的眼睛

时间躺在冰面上等第一道裂缝

人们争相投进燃烧的火堆

世界用一个名叫春天的化学反应

焚烧悲伤而开出绚烂的火焰

如果我死在轮回里

你能不能叫醒梦中的花朵

每一颗跳动的心脏都

在拒绝死亡的寒冰

山峦以不眨眼的凝视

将白昼碎成锋利的鳞片

黄昏空旷的山谷里

狼群的回音如蓝色的花朵

在岩壁上绽放

我们向沼泽腹地挺进

黑暗铺天盖地而来

小船被密密匝匝的芦苇牢牢困住

一头迷途的野鹿撞碎森林的镜子

破碎的镜子反射出完整的天空

枝头的半朵花被月色割裂

偏要绽放出不知所求的妩媚

成群的野马在旷野上狂奔

马蹄击碎黎明织就的薄冰

一轮散发着野性气息的血月

从翻腾的群峰之海中升起

披着汹涌的云烟横贯晨昏

与半空疯狂盘旋的飞蛾

以及踏着焦土远去的流亡者

共同奔向世界的尽头

黎明像裂帛一样撕开了漫长的黑夜

每一颗跳动的心脏都在拒绝死亡的寒冰

赤道往北二十七度

雨的骨头被浸泡成了绿色